经典童话大师绘

龟兔赛跑

The Tortoise and the Hare

【古希腊】伊索　著　　【日】平田昭吾　绘
《经典童话大师绘》编写组　改编

新世界出版社 NEW WORLD PRESS
海豚出版社 DOLPHIN BOOKS
CIPG 中国国际出版集团

龟兔赛跑

一个阳光明媚的早晨，一只活泼的兔子在路上欢快地蹦跳着。忽然，它的视线被一只乌龟吸引。乌龟正以从容不迫的步伐，在路面上稳稳地前行。

兔子停下脚步，嘴角勾起一抹玩味的笑，开口打趣道：“嘿，乌龟大哥，您这行进速度可真是别具一格啊，简直像是在参加一场慢动作比赛呢！”

乌龟听了兔子的话，很不服气。它扬起头，缓缓说道：“谁说我速度慢？咱们比比看！”

兔子一听，大笑起来。它决定给乌龟一个教训，于是召集来了许多小动物观看这场比赛。

看热闹的小动物们心想：“这还用比吗？乌龟怎么可能赢得了以速度快著称的兔子呢？”它们围在道路旁，有的窃窃私语，有的捧腹大笑，都在期待着乌龟出丑的那一刻。

然而，乌龟却格外平静，它沉着地注视着兔子，无声地诉说着勇气。

众目睽睽之下，一场实力悬殊的比赛即将拉开序幕。

比赛在清脆响亮的哨声中正式开始，乌龟还未迈出一步，兔子就犹如离弦之箭，“嗖”的一声，以惊人的爆发力从起跑线上弹射而出，身影在赛道上勾勒出一道耀眼的白色轨迹。

在场的动物们纷纷投去惊叹的目光，掌声雷动，欢呼声此起彼伏。它们或振臂高呼，或雀跃不已，以各种方式表达着对兔子速度的崇拜，整个赛场洋溢着热烈的氛围。

再看乌龟，它正不屈不挠地奋力向前爬行。然而，与兔子的迅疾奔跑相比，乌龟的爬行缓慢而艰难。兔子早已不见了踪影，乌龟才勉强前进了短短一段距离。

目睹此景，动物们不禁捧腹大笑，纷纷断言胜负已分，乌龟再努力也只是徒劳。

但乌龟并未被这些嘲笑动摇，它的心中有一个坚定的信念：无论多么艰难，都要到达终点。尽管累得满头大汗，乌龟依然咬紧牙关，坚定地向前迈进。

兔子在赛道上飞快地奔跑，脚步轻盈而有力。快到终点了，它忍不住回头看了一眼，根本瞧不见乌龟的身影。它暗自得意，觉得自己赢得比赛已经是板上钉钉的事了。

兔子决定先停下来休息一会儿。路边有一根粗壮的树桩，它把头靠在树根上，很快进入了甜美的梦乡。

乌龟并没有因为落后而放弃，它坚持不懈地向前爬着。时间一分一秒过去，乌龟逐渐缩小了与兔子之间的距离，并实现了赶超。

就在乌龟即将抵达终点线的那一刻，沉浸在梦乡中的兔子猛然惊醒。它匆忙抬头，眼前的一幕让它惊慌失措——乌龟正缓慢却坚定地迈向胜利。

兔子猛地一跃而起，心中燃起前所未有的紧迫感。它拼尽全力，试图挽回败局。遗憾的是，为时已晚。眼见乌龟稳稳地跨过了终点线，获得了胜利，兔子只能无奈地停下脚步，承认自己的失败。

坚持不懈是成功的关键，骄傲轻敌则会导致失败。

狮子与三头公牛

在辽阔的大草原上，一场惊心动魄的追逐正在上演。一头威风凛凛的狮子正全力追捕一头黑色公牛，黑牛拼命奔跑，试图逃离这场关乎生死的追捕。

不远处，黑牛的两个忠实朋友——红牛和棕牛目睹了这一幕。它们没有丝毫犹豫，立刻四蹄生风，朝着狮子的方向狂奔而去，支援黑牛。

三头健壮的公牛并肩而立，站成一排，宛如一堵铜墙铁壁。它们低下沉重的头颅，铜铃般的大眼紧盯着狮子，锋利的牛角如同锐利的剑刃，直指前方。

狮子见状，大惊失色，不由自主地连连后退。它深知，自己即便拥有锋利的爪牙，面对这三头团结一心、气势如虹的公牛，也难以取胜。

不甘心的狮子在短暂的惊惧后，酝酿出一个狡诈的计划。

当三头公牛分散开来，各自低头享用鲜美的青草时，狮子瞅准时机，悄无声息地接近最为健壮的红色公牛。

它压低身子，尽可能地不引起另外两头公牛的注意，然后贴近红色公牛的耳朵，用低沉而富有诱惑力的声音说起了悄悄话。

“红牛啊，在这群伙伴之中，你无疑是最勇猛矫健的，你那奔腾的力量与无畏的勇气，令所有动物都感到震撼。黑牛和棕牛根本无法与你相提并论。”

狮子的话语暗含挑拨，它那双狡黠的眼睛紧紧盯着红牛，试图从红牛坚毅的双眸中捕捉到一丝动摇的火花，好离间这群原本紧密团结的伙伴。

听到狮子的话，正在吃草的红牛抬起头，疑惑地打量着它。

“可是你知道吗，黑牛总是吹嘘自己是最厉害的。”狮子对红牛眨眨眼睛。

狮子明白，这三头公牛之所以强大，是因为它们团结一心，只要它们之间出现裂痕，自己便能逐个击破，从而扭转战局。因此它企图在红牛的心中种下怀疑与不满的种子，让它与并肩作战的伙伴产生隔阂。

果然，狮子的话语在红牛心中激起了波澜，它对黑牛投去了愤怒的目光。黑牛见红牛怒气冲冲地瞪着自己，感到莫名其妙。

狮子连忙跑到黑牛身边，压低声音对它说：“我刚才听到红牛说你又笨拙又懒惰，根本不配当它的朋友。”

黑牛听了，心中五味杂陈，对红牛的信任开始动摇。狮子见状，嘴角勾起一抹不易察觉的微笑，知道自己的计策初见成效。

红牛和黑牛正气愤地对峙，狮子又悄悄靠近棕牛，在它的耳边轻声细语道：“朋友，你知道吗？黑牛与红牛正在争夺老大的位置，它们完全不把你放在眼中。但我知道，你才是最棒的！”

看到棕牛惊愕地朝那边张望，狮子继续吹捧道：“你拥有坚韧不拔的意志、沉稳如山的性格、令人望而生畏的力量。在你的身上，我看到了真正的领袖气质。黑牛和红牛不把你视为对手，这是它们最大的失误。在这片土地上，你才是最值得尊敬的领袖！”

棕牛听后，骄傲地昂起了头。

这时，红牛与黑牛正激烈地打斗着，它们怒目圆睁，四蹄翻飞，牛角相撞，发出“咔嚓”巨响。棕牛抱着决一死战的信念，狂奔过去，加入争斗。

三头公牛在草原上展开了惊心动魄的决斗，它们“哞哞”吼着，鼻孔喷着怒气，每一次冲撞都伴随着震耳欲聋的轰鸣声。

躲在一旁的狮子暗自得意，嘴角勾起一抹嘲讽的微笑。它的阴谋得逞了，它成功地挑起了公牛间的争斗，静候着狩猎良机。

不久，三头公牛就精疲力竭，伤痕累累地倒在了草地上，艰难地喘息着。

狮子缓缓从隐蔽处踱步而出，得意扬扬地说道：“瞧瞧，这便是你们盲目争斗、忽视团结的下场。”说完，它张开血盆大口，不费吹灰之力便将这三头公牛逐一咬死，美餐了一顿。

团结能让微小的力量汇聚成海，让难以想象的胜利成为可能。忽视团结，则可能遭遇覆亡的危机。

农夫和他的儿子们

从前，有一位勤劳的果农，他日复一日地在果园里挥洒汗水，精心照料着每一棵果树。春种秋收，他的辛勤耕耘换来了满园硕果累累，他也因此积累了可观的财富。

然而，与果农形成鲜明对比的是，他的四个儿子整日游手好闲，无所事事，沉迷于各种享乐之中，对父亲的辛劳视而不见，不懂得珍惜这来之不易的财富。

果农深感苦恼，他的儿子们只知道痛饮香醇的葡萄酒，却从未意识到这是他付出了多少辛勤与汗水才酿造出来的。每当看到儿子们只顾享乐，果农的心便如刀割般疼痛。

望着自己年迈的身躯，果农为儿子们的前途忧心忡忡。他们缺乏勤劳奋斗的精神，一味依赖自己创造的财富过活，一旦自己离世，儿子们坐吃山空，很快就会陷入贫困。他多么希望儿子们能够明白劳动的价值啊。

不久，果农一病不起。在生命的最后时刻，他强撑着虚弱的身体，将四个儿子召唤到床前。

他伸出颤抖的手，指向窗外那片郁郁葱葱的果园。那里是他一生的心血所在，每一棵树、每一粒果实都见证了他的勤劳。果农满怀深情地说：“孩子们，我把这片果园留给你们。它是咱们家财富的来源，我希望你们能好好地守护它。”

接着，果农的眼神焕发出异样的光芒，他握住儿子们的手，声音微弱却充满力量地说："我要告诉你们一个秘密：果园里，埋藏了一份特别的宝物。"

儿子们闻言，露出惊讶与好奇的表情，心中不禁猜测：父亲所说的宝物究竟是璀璨夺目的金币，还是价值连城的珠宝？

果农看着他们，嘴角露出一丝微笑，说："别急，你们会找到宝物的，只要用心去寻找。"话音刚落，他的眼神暗淡下来，咽下了最后一口气，给儿子们留下这个待解的谜团。

四个儿子怀揣着对宝物的憧憬，日复一日地在果园中翻寻，每一寸土地都不曾遗漏，然而，却始终未能发掘出宝物。

尽管寻找宝物的初衷未能如愿，但四个儿子的不懈努力却意外为果园带来了翻天覆地的变化。经过无数次挥汗如雨的辛勤劳作，他们翻松了原本紧实的土地，赋予了它前所未有的肥沃与活力。每一棵果树都仿佛焕发了新生，枝叶愈发绿意盎然，花朵也更加生机勃勃。

终于，金秋时节翩然而至，果园迎来了前所未有的大丰收，树上挂满了沉甸甸的葡萄串，宛如一串串晶莹的宝石。四个儿子兴高采烈地穿梭于葡萄架间，采摘这来之不易的果实，酿制甘甜的葡萄酒。

此刻，他们终于恍然大悟，原来父亲一直希望他们寻找的，正是辛勤劳作所带来的无价之宝。

真正的财富，并非埋藏于地下的金银财宝，而是用勤劳的双手创造出来的收获。

老鹰和毒蛇

一只饥肠辘辘的老鹰，在漫长的盘旋与搜寻后，终于凭借锐利的目光和敏捷的身手，捕获了一条毒蛇。老鹰抓起毒蛇振翅高飞，打算寻找一个安全的落脚点，享用这份来之不易的猎物。

毒蛇在空中拼命挣扎，对老鹰哀求道："尊贵的空中霸主，我恳请您高抬贵手，将我放回大地上。我承诺，绝不会对您以毒牙相向。"

老鹰的双爪紧紧钳制着毒蛇，强烈的饥饿感让它对毒蛇的哀求充耳不闻。它的心中只有一个念头：饱餐一顿。

毒蛇见老鹰没有放回自己的意思，绝望之余，生出一股狠劲。它猛地伸长脖子，用尽全身力气，一口咬住了老鹰的一条腿。

老鹰猝不及防，疼得嘶鸣一声，身体失去平衡，急速下坠。毒液在它的体内蔓延，最终，它无奈地坠落到地面上，痛苦地挣扎着。

毒蛇看着老鹰的惨状，冷冷地说道："尊贵的空中霸主啊，你若只是想着自己，不顾及其他生命的感受，那你很可能遇到不幸。"

说完，毒蛇缓缓爬离老鹰，消失在草丛之中。老鹰则躺在地上，气息微弱，眼中满是悔恨与不甘。

贪婪和短视往往导致不可挽回的后果。

图书在版编目（CIP）数据

龟兔赛跑 / (古希腊) 伊索著 ; (日) 平田昭吾绘 ;
《经典童话大师绘》编写组改编. -- 北京 : 新世界出版
社, 2024. 12. -- (经典童话大师绘). -- ISBN 978-7
-5104-7995-3

Ⅰ. I313.85

中国国家版本馆CIP数据核字第2024M8N407号

北京版权保护中心引进书版权合同登记号：图字01-2019-4905号

扫一扫，获赠英文故事音频
敬请关注《大师画给孩子们》（汉英对照版）

龟兔赛跑

作　　者：［古希腊］伊索
绘　　者：［日］平田昭吾
责任校对：宣　慧　张杰楠
出版发行：新世界出版社　海豚出版社
社　　址：北京西城区百万庄大街24号（100037）
总 编 室：(010)6899 5424（电话）　(010)6832 6679（传真）
印　　刷：北京市房山腾龙印刷厂
开　　本：787mm × 1092mm　1/24　尺寸：188mm × 170mm
版　　次：2024年12月第1版　2024年12月第1次印刷
定　　价：25.00元

改　　编：《经典童话大师绘》编写组
责任编辑：董晶晶
责任印制：王宝根
网　　址：http://www.nwp.com.cn
发 行 部：(010)6899 5968（电话）　(010)6899 0635（电话）
版 权 部：+8610 6899 6306（电话）　nwpcd@sina.com（电邮）
经　　销：新华书店
字　　数：30 千字　　印张：2
书　　号：ISBN 978-7-5104-7995-3